On fait comme à Givors

Jean Lafleur

On fait comme à Givors

Roman

LE LYS BLEU
ÉDITIONS

Givors, une petite ville ouvrière au sud de Lyon, vivant depuis toujours sous le joug des communistes, mène une politique de vivre-ensemble et de partage des richesses. Il y règne une grande mixité. La plupart des familles d'origine étrangère sont venues pour y trouver refuge après avoir été expulsées pour des faits de délinquance d'autres communes, souvent dirigées par des mairies de droite. Givors, réputée pour être une terre d'accueil pour tous les proches des repris de justice, est principalement découpée en quatre grandes communautés, les Maghrébins, les Italiens, les Portugais et les Français. Ces groupes vivent dans la rivalité et se mènent une guerre sans relâche : règlements de comptes, opérations punitives, lynchages, passages à tabac. Cette opposition dure depuis quarante ans. La ville est devenue tellement dangereuse qu'elle est restée fermée sur elle-même pendant presque un demi-siècle. Les habitants n'en sortent quasiment jamais. Ceux qui n'y vivent pas ou qui n'y ont pas de famille n'y entrent pas non plus. La légende raconte que pendant la guerre, les résistants se servaient de Givors comme repaire, car même les Allemands préféraient ne pas s'y risquer, et lorsqu'ils s'étaient installés en France, ils menaçaient leurs enfants de les emmener à Givors quand ceux-ci n'obéissaient pas. Aussitôt, les petits se calmaient. Pendant l'Occupation, l'armée allemande a toujours contourné l'agglomération. Elle n'y a jamais pénétré, car pour elle, ce n'était pas la France. Dans le bunker où Hitler s'est suicidé avec sa famille, on a retrouvé un projet du Führer visant à bombarder et à raser cette ville nauséabonde pour y construire une base allemande et un camp de détention, car la Résistance était très active de ce côté du Rhône, de l'Isère à l'Ardèche.

Après une nuit d'affrontements sanglants entre les Italiens et les Portugais, le conflit municipal a fait plus de morts sur la même période que l'occupation allemande. Les leaders des communautés organisent une réunion pour apaiser les tensions et trouver une solution, afin que chacun puisse cohabiter et prospérer. Les concessions des cimetières se vendent alors plus cher que les terrains de construction et personne ne veut voir le cimetière devenir plus grand que la ville elle-même.

Lors de cette réunion, ces quatre familles décident de déposer les armes. Plus de guerre, plus de tueries, plus de castagne, tout doit passer par le dialogue, et des règles de cohabitation pacifique sont mises en place par la médiation.

Les règles en question sont les suivantes : plus de frontières, ouverture totale de la ville sur l'extérieur et répartition des business pour chaque communauté. Les Français s'occupent des salles de tombola et de l'importation de hachich. Les Italiens se spécialisent dans l'approvisionnement de l'héroïne, les casinos clandestins et les faux billets. Les Portugais endossent la responsabilité des débits de boisson et toutes les activités qui peuvent s'y dérouler. Quant aux Maghrébins, ils se chargent de la distribution de l'héroïne et du hachich et du recel de toutes sortes de choses. Le racket continuera d'être partagé entre tous, et chacun gérera un territoire.

La ville est ouverte, mais chaque communauté garde son business et aucune autre ne pourra la concurrencer dans son domaine.

Une fois ces conditions définies, les quatre chefs de famille signent un accord par lequel ils s'engagent à ne pas les enfreindre, à moins d'en faire part aux trois autres leaders avant, en cas de force majeure. Celui qui ne respectera pas ce contrat verra les trois autres entrer en guerre contre lui.

Chaque clan organise son futur business. C'est le plein emploi à Givors. Dans toute la ville, les chantiers se mettent en place. Les Portugais construisent leurs bars, les Italiens ouvrent des salles de jeux, les Français s'installent un peu partout pour organiser toutes sortes de paris et de loteries, et les

Maghrébins recrutent pour placer leurs dealers dans tous les recoins. Givors, défigurée par la violence de la guerre des clans, prend très vite un nouveau visage, se redynamise et refleurit.

Le maire communiste, Marcelo Cipas, envoie l'un de ses conseillers voir le parrain de chaque famille pour leur demander un rendez-vous, car il souhaite s'entretenir avec les quatre en même temps. La réunion a lieu et l'élu s'exprime : « Vous savez que les communistes mènent depuis toujours, à Givors, une politique de partage et de cohabitation. Vous faites tout le contraire et ce n'est pas bon pour les Givordins. Nous qui essayons de faire tant pour cette ville, nous nous sentons insultés et humiliés. Vous représentez votre famille et votre communauté, mais moi, je représente l'État. À partir de maintenant, vous devrez me consulter ensemble pour chaque décision. Nous réunirons un conseil pour décider du sort de la ville. Si les nouvelles règles que vous avez mises en place sont respectées, vous obtiendrez tout ce que vous demandez, permis de construire, permis de vente, quoi que ce soit, vous aurez ma signature sans même qu'on ouvre le dossier. Vous faites ce que vous voulez, c'est votre affaire, mais je veux que vous créiez chacun au moins un business légal. Pour les Portugais, un vrai bar, par exemple, pour vous, les Maghrébins, un restaurant, les Français, un bureau de tabac et les Italiens un hôtel. Si vous n'avez pas une source de revenus légale, que vous ne payez pas d'impôts et que vous ne blanchissez pas vos opérations, ça ne tiendra pas. Le parti communiste de Givors va monter une association et vous en serez les principaux donateurs. Je vous demande aussi de maintenir le calme dans la commune pour que la préfecture ne vienne jamais mettre son nez ici. Pour votre business légal, nous nous occuperons de toute la partie administrative. Il est temps que cette ville, que même les nazis ne voulaient pas approcher, prenne une tout autre apparence. »

Cipas convoque le commissaire de police et lui propose un marché : « De nouvelles règles ont été mises en place. Le taux de délinquance, de vandalisme et de tout ce qui touche à la criminalité va être en chute libre et le mérite sera officiellement attribué au travail de la police et de son commissaire. Tout ce que vos hommes auront à faire, c'est patrouiller et arrêter les personnes qui leur seront désignées. Aucune interpellation ne doit avoir lieu sans un ordre direct de la mairie, aucune arrestation de membres des quatre communautés non plus. Ils peuvent mener leurs affaires comme ils l'entendent. Tous les policiers non fiables doivent être mutés ailleurs, il ne faut garder que les hommes sûrs. Vous allez créer une association de la police qui recevra elle aussi une part du gâteau. C'est ça, une municipalité communiste. »

En 1980, après plusieurs années de prospérité, les chiffres d'affaires des quatre familles explosent. Sous la pression du premier magistrat, celles-ci sont obligées d'investir de plus en plus dans des affaires légales. Les Italiens contrôlent tous les hôtels de la ville et font même de l'hôtellerie haut de gamme. Les Portugais louent un hôtel toute l'année dont toutes les chambres sont réquisitionnées pour la prostitution, et leurs bars sont tous devenus légaux. Tous les bureaux de tabac de la ville sont tenus par les Français et sont eux aussi déclarés et en règle. Les Maghrébins tiennent le secteur de la restauration rapide, également légal. Les chefs des clans en question sont devenus de puissants hommes d'affaires. Tout l'argent de leur business parallèle est réinvesti dans leurs entreprises légales.

Un tel changement en si peu de temps est à peine croyable. Les taux de chômage et de délinquance sont en chute libre. François Mitterrand, qui est sur le point de se présenter aux élections présidentielles, envoie l'un de ses conseillers à Givors, car il souhaite se rapprocher politiquement de ce maire communiste qui a obtenu de si bons résultats avec la politique de sa ville, et veut s'en inspirer au niveau national. La France est alors gouvernée par Valéry Giscard d'Estaing, qui se prépare à affronter le candidat socialiste lors des prochaines élections. Le Président en exercice envoie le préfet du Rhône pour se rapprocher du commissaire de Givors, afin qu'il découvre le secret d'un tel progrès en si peu de temps pour une ville réputée invivable. Personne à Givors n'avait imaginé que cette ville, qui était crainte même sous l'Occupation et qui avait bien failli être rasée, pourrait si brusquement devenir un exemple pour tout le pays.

Les hommes concernés, les quatre chefs, Marcelo Cipas et le commissaire organisent une réunion secrète au cours de laquelle ils décident de garder tous leurs secrets pour eux. Ce qui se passe à Givors reste à Givors. Ils conviennent que la nouvelle politique de la ville sera vantée en octroyant officiellement tout le crédit à la bonne volonté des Givordins. Tous les chantiers de réhabilitation ont été pris en charge par des entreprises locales. La mairie a mené une politique de redynamisation dans la tradition communiste de la ville, pour le plein emploi et la redistribution équitable des richesses. La convention signée avec les entreprises a permis la sécurité des travailleurs. L'équipe municipale a travaillé main dans la main avec la police, très présente dans les rues, à pied ou en voiture, pour maintenir l'ordre et le calme. Une association sportive a été créée pour rapprocher la population et la police. Tous les mois, des matchs de foot amicaux entre Givordins et les polices nationale et municipale sont organisés, avec des barbecues géants et des soirées dansantes. Les forces de l'ordre sont devenues très proches de la population. Voilà d'où vient cette force sur l'emploi et la sécurité. Le nouveau slogan de Givors est « Vivons mieux, vivons ensemble ». Voilà la version que Marcelo Cipas donnera au conseiller de François Mitterrand.

Le commissaire fera de même avec le préfet. La politique du vivre-ensemble doit être mise en avant les jours de visite. Les quatre familles se chargent de nettoyer les rues, et de bien faire en sorte que la ville soit impeccable pour le passage de la télé. Les deux visites officielles se déroulent à une semaine d'intervalle. Le conseiller du leader socialiste tombe sous le charme et fait l'éloge de ce maire au futur candidat. Le préfet du Rhône montre au Président en place à quel point le travail de la police a porté ses fruits. Les politiciens sont de plus en plus conquis par le modèle givordin.

La campagne électorale de Giscard est torpillée par une affaire de diamants africains. Il se retrouve au plus mal dans les sondages, et même son propre camp commence à se résigner à la défaite. Son adversaire, candidat favori des Français, appelle le maire de Givors en personne pour lui proposer d'intégrer son équipe et de l'aider à élaborer sa politique sociale à l'échelle nationale. Il lui propose même un poste de ministre, car il a besoin de l'appui des communistes pour pouvoir accéder à la fonction suprême. Marcelo

Cipas est de plus en plus distant avec sa ville. Il effectue sans arrêt des allers-retours à Paris et il répond à beaucoup d'interviews. Quand il marche dans la ville, des habitants s'arrêtent pour le saluer. Tout cela ne plaît pas beaucoup aux chefs des quatre familles, qui commencent à douter de sa loyauté, car monsieur le maire est en train de devenir de plus en plus carriériste, et en plus de cela, la présence constante des médias gêne leur business. La question de se débarrasser de lui se pose. S'ils ne le font pas, lui risque de s'occuper de leur sort. Ils prennent la décision d'attendre, mais de rester sur leurs gardes en préparant un plan au cas où ils auraient à agir, pour ne pas être pris au dépourvu.

Pendant ce temps, Cipas convoque le commissaire pour lui faire part de ses futurs choix politiques : « Nous nous sommes gavés pendant des années, il faut savoir dire stop. Nous allons dissoudre les associations de la police et du Parti communiste. Trop de malversations peuvent remonter jusqu'à nous. Maintenant que nous sommes médiatisés, nous ne pouvons plus nous permettre ce genre de magouilles. Il est encore temps de tout plaquer et de laisser cette bande de malfrats continuer son business seule. Nous avons bien collaboré, ils ont fait respecter l'ordre dans la rue, ils nous ont payés pour qu'on ferme les yeux, nous avons été privilégiés, mais il faut savoir s'arrêter. De grandes carrières nous attendent si nous saisissons cette opportunité. Tu as été mon fidèle allié, je ne te laisserai pas tomber. Mais la racaille, il faut l'oublier, maintenant, elle ne nous fera que du tort. »

Les quatre clans se réunissent en urgence. Ils ont essayé de payer leur cotisation aux associations, mais on leur a dit qu'elles avaient été dissoutes. Ils comprennent que l'heure est grave. Leur appui politique et policier est terminé. Le maire et ses associés les ont lâchés. Ces derniers ne doivent cependant pas oublier que ce sont eux qui gouvernent la rue.

Mitterrand est élu président de la République. Il ne tient pas tout à fait sa promesse faite au maire de Givors pour le poste de ministre. Celui-ci obtient tout de même le portefeuille de secrétaire d'État au développement de la ville. Il n'a pas oublié son ancien compagnon de magouilles, le commissaire, qui, lui, est promu au rang de sous-préfet du Rhône. Pour les quatre chefs, cela constitue un exemple parfait du véritable visage de la politique française. Ils s'inquiètent de celui qui va prendre le poste de commissaire. Le premier adjoint va être élu maire. Ils décident d'attendre et de voir de quel bord il est. La télévision fait un dernier reportage sur la ville pour faire de Cipas et de l'ancien commissaire des exemples nationaux. Leurs ex-alliés ont l'idée de faire passer un message aux deux nouveaux chouchous des médias. Tous les Givordins portent un t-shirt aux couleurs des associations communiste et de la police où il est écrit : « On ne vous oubliera jamais. »

Quand les deux promus voient cet extrait du documentaire, ils comprennent l'avertissement. Cela n'a rien d'amical, c'est une menace déguisée. Les chefs les ont à l'œil et ont un dossier sur eux qui peut les faire tomber tous les deux. Le premier adjoint est élu maire lors d'une assemblée extraordinaire. Après plusieurs demandes de rendez-vous, celui-ci accepte enfin de recevoir les chefs des familles. Il prend la parole : « J'ai d'abord hésité à vous rencontrer, mais étant donné votre insistance, je me suis dit qu'il fallait mettre les choses au clair entre nous. Ceci est notre dernière rencontre. Je ne vais vous demander qu'une chose : tout ce que vous aurez à faire, c'est de verser un pourcentage déclaré de vos commerces et entreprises à toutes les associations sportives de la ville. Les malversations, les dessous-de-table, les signatures à l'aveugle, tout ça, c'est terminé. Vous n'aurez aucun passe-droit. Toutes vos demandes devront suivre le cheminement légal. Tant que vous continuerez à maintenir le taux de délinquance à zéro dans nos rues, je fermerai les yeux sur ce que vous faites entre vous. C'est le seul marché que je peux vous proposer. Je conclus cette affaire avec vous une bonne fois pour toutes. Si nous devons nous revoir à l'avenir, ce sera au tribunal. » Les quatre hommes comprennent qu'ils n'ont plus rien à attendre du remplaçant de Cipas. Ils doivent s'en débarrasser. Les prochaines élections municipales sont dans deux ans. D'ici là, ils s'engagent à respecter ses exigences, mais ils savent que dans à peine dix-huit mois, il aura à nouveau besoin d'eux, car il semble avoir oublié qu'eux et eux seuls sont capables de contenir la population, et ils n'auront aucun mal à le lui rappeler en temps voulu. En attendant, ils doivent faire preuve de patience.

Au poste de nouveau commissaire, la ville a hérité d'un fils de gendarme, fraîchement diplômé, faisant partie d'une confrérie militaire et réputée incorruptible. Il n'a qu'une ambition : se servir de son premier poste comme tremplin pour un meilleur grade et un poste en région parisienne. Mais pour cela, il doit d'abord faire ses preuves à Givors. C'est pourquoi il veut des résultats très vite. John Wayne, c'est ainsi que les Givordins le surnomment immédiatement. Dès qu'il prend ses fonctions, il commence par annuler les matchs de foot entre Givordins. Le rôle de la police n'est pas de faire du social, mais des interpellations et du maintien de l'ordre. Le vivre-ensemble n'est pas son affaire, chacun sa fonction. Ce n'est même pas la peine d'essayer de le corrompre. Le nouveau maire est choqué par ses méthodes. La police municipale et la police nationale avaient de très bons résultats ensemble, mais le nouveau commissaire s'empresse de les séparer. L'élu local décide d'aller à sa rencontre et de faire le point sur la politique de sécurité à mettre en place.

John Wayne lui dit clairement qu'il se fout des méthodes de la police municipale. C'est désormais lui qui représente la loi, la police municipale n'a qu'à s'occuper des problèmes municipaux. Le maire lui répond que Givors n'est pas le far west. Il ne peut pas débarquer et chambouler tout ce qui fonctionnait jusque-là.

Mais le commissaire lui répond qu'avant d'obtenir son diplôme, il a justement fait une thèse sur la délinquance et ses chiffres en France, et qu'il est techniquement impossible de passer d'une criminalité aussi élevée à un taux aussi bas en si peu de temps. Les hommes politiques préfèrent peut-être les résultats aux méthodes, mais lui sait que quelque chose cloche dans cette ville et il a bien l'intention de découvrir de quoi il s'agit. Son interlocuteur n'a peut-être rien à voir avec tout cela, étant donné qu'il vient de prendre ses fonctions. Dans ce cas, John Wayne s'engage à s'excuser et à trouver un terrain d'entente. Mais pour l'instant et jusqu'à ce qu'il ait fini d'enquêter, à ses yeux, tout le monde est suspect.

Le remplaçant de Marcelo Cipas, qui bien sûr est au courant de toutes les magouilles, se dit que son prédécesseur a bien fait de demander aux familles d'être prudentes et de faire leur business discrètement, car le nouveau commissaire ne rigole pas avec la corruption. Il faut lui donner de quoi s'occuper pour ne pas lui laisser le temps de réfléchir à cette enquête.

Il envoie un message aux quatre clans pour qu'ils créent une diversion afin d'accaparer l'attention du nouveau cow-boy de la ville. Celles-ci décident d'envoyer des gens du voyage jeter des cocktails Molotov sur les voitures de patrouille stationnées devant le commissariat et mitrailler la façade. Cela occupera les forces de l'ordre un moment, en attendant de trouver autre chose.

Le préfet du Rhône s'entretient avec le commissaire et lui demande comment dans une ville ayant de si bons résultats depuis des années, une telle agression se produit dès son arrivée. Le fonctionnaire de police explique que c'est une attaque personnelle et qu'on veut le dissuader de mettre en place ses nouvelles méthodes.

Le représentant de l'État ne croit pas une seconde à cette histoire de coup monté et lui interdit formellement de donner cette version aux médias, car il ne faut surtout pas parler de complot. Il lui conseille plutôt de changer ses méthodes.

Marcelo Cipas lui téléphone pour lui reprocher d'avoir détruit tout ce qui fonctionnait. Il lui ordonne de remédier à la situation le plus vite possible. Le commissaire comprend le message et demande à ses hommes de se calmer et de resserrer les liens avec la police municipale, pour revenir au même fonctionnement qu'avant son arrivée. Mais au fond de lui, il est convaincu que tout cela est destiné à le piéger. Quelque chose ne tourne pas rond à Givors. Il appelle le maire et lui fait comprendre que malgré les injonctions de son supérieur, il n'a pas l'intention d'enterrer cette attaque et il compte bien découvrir quels liens unissent la municipalité et la mafia givordine, avant de raccrocher sans laisser l'élu répondre. La guerre est déclarée entre les deux hommes.

Le calme revient dans la ville et tout le monde reprend ses activités. Une équipe d'Antillais habitant à Grigny, une ville voisine, commence à vendre de l'herbe à Givors. Un pacte a été conclu entre les familles pour leur laisser le champ libre dans le but de donner du travail au commissaire. Les Italiens envoient l'un de leurs hommes à Grigny pour visiter la planque des nouveaux venus pendant leur absence. Celui-ci y cache de l'héroïne périmée qui a pris l'eau dans les combles, car il sait que ces trafiquants sont tellement peu discrets que la perquisition ne va pas tarder. Mais un autre problème surgit. Une communauté turque venue de Vienne, dans l'Isère, s'installe dans la ville pour y ouvrir des kebabs. Sur le fond, ça ne pose aucun inconvénient, mais ce secteur est déjà tenu par les Maghrébins, qui décident alors d'ouvrir le marché à la concurrence tant que celle-ci leur verse une part des bénéfices sous forme de dessous-de-table. Les Turcs, ayant le sens du commerce, acceptent le pacte, s'installent à Givors et s'y intègrent rapidement. Comme cela fonctionne bien, les quatre familles décident de mettre fin à leurs monopoles et de laisser de la place à qui le souhaite, tant que les investisseurs s'acquittent de la TVA givordine. Cet impôt, réglé en liquide et non déclaré, est le préalable impératif pour avoir le droit de prospérer dans l'économie locale.

Pendant ce temps, le commissaire s'occupe minutieusement à démanteler le trafic des Antillais. Après plusieurs mois d'enquête, l'équipe impliquée est arrêtée. Trois adresses à Givors et plusieurs autres à Grigny sont perquisitionnées en même temps. La police retrouve des armes blanches, de l'argent liquide, un gros stock d'herbe séchée et surtout un kilo d'héroïne, ce qui fait la fierté du commissaire.

Les suspects sont cuits. John Wayne pense qu'il vient de démanteler le réseau principal de trafic de drogue entre Givors et Grigny. Il dit à ses hommes de rester vigilants, car une autre équipe va maintenant vouloir prendre la place et il tient à ce que la ville reste propre. Il reçoit les félicitations de la préfecture et des mairies de Givors et de Grigny. Les médias viennent l'interviewer. Le cow-boy de la ville pose fièrement en photo devant sa saisie pour les journaux et la télévision. Même Marcelo Cipas, devenu ministre, l'appelle pour le féliciter.

Sans le savoir, John Wayne vient de donner une idée à la mafia givordine. Les chefs de famille ont compris qu'ils ne peuvent pas l'acheter, mais qu'ils peuvent exploiter sa soif de gloire et de prestige.

Grâce à l'ouverture et au partage du business, Givors a acquis, avec le temps, une image de ville cosmopolite. Toutes les communautés y sont représentées. Le mélange culturel et l'intégration deviennent à nouveau un modèle local. La ville mène une politique au service de ses habitants.

Les leaders des clans, qui règnent toujours dans l'ombre, continuent à tenir le commissaire occupé en le mettant sur la piste d'une grosse arrestation chaque mois.

Les élections municipales approchent et le discours du maire commence à changer, moins arrogant, moins autoritaire, il s'est mué en citoyen proche de ses habitants. Il est temps pour les quatre parrains de lui rappeler qui sont les vrais patrons et à qui appartient la ville. Ils décident d'envoyer un porte-parole pour négocier avec lui à l'approche des élections : « Vous voulez vous présenter à votre propre succession, très bien, les chiffres parlent pour vous. Vous avez fait du bon travail, mais vous nous avez coupé l'herbe sous le pied. Ça va faire maintenant deux ans qu'on navigue en eaux troubles sans aucun soutien de la mairie. Ce n'est pas normal, car n'oubliez pas que nous avons bâti cette ville, ou du moins ce qu'elle est aujourd'hui. Grâce à nous, votre prédécesseur a été nommé secrétaire d'État, puis ministre et le commissaire sous-préfet. Nous ne nous opposons pas à votre deuxième mandat, néanmoins, il va falloir vous acquitter de ce que vous nous devez. Tout d'abord, commencez par nous rendre la police municipale. Nous voulons qu'elle travaille en collaboration avec nous comme à l'époque où elle patrouillait dans les rues à notre service et où elle nous transmettait les informations de la police nationale. Nous comprenons bien que vous avez des convictions, mais si vous fermez les yeux sur certaines choses, nous vous offrons votre élection sans même que vous ayez besoin de faire une véritable campagne. Nous avons deux dossiers en notre possession, que nous vous cédons gratuitement en signe de bonne foi. Le noir contient deux mille noms qui viennent de s'inscrire sur les listes électorales et que nous contrôlons. Le rouge, lui, en répertorie huit mille autres, déjà inscrits, que nous contrôlons également. Vous verrez que la majorité penche en notre faveur. Marchez avec nous et vous renouvellerez votre mandat à coup sûr. Mais si vous continuez à nous ignorer, nous mettrons un candidat à nous, qui aura toutes les chances de vous battre. Vous pouvez être certain que nous y veillerons. »

Le maire consulte les dossiers pour s'assurer que ce n'est pas du bluff. Il en conclut que sur les quinze mille électeurs inscrits à Givors, les familles en contrôlent bien dix mille. Il envoie à son tour un de ses conseillers, un homme de confiance, prévenir les familles qu'il accepte de répondre à leurs exigences, mais il leur demande de rester dans l'ombre tant que John Wayne n'a pas obtenu sa mutation et de bien continuer à lui offrir des arrestations de seconde zone. En contrepartie, elles doivent lui donner leur parole de lui assurer soutien et protection tant qu'il voudra rester à son poste.

Le cow-boy consulte le fichier national des commissariats ayant le plus d'arrestations et le plus de démantèlements de bandes organisées, et remarque que depuis son arrivée, Givors est classée cinquième ville dans le Rhône et première dans le classement national par rapport au nombre d'habitants. Très fier de ses résultats, il convoque la presse et la télévision pour faire un reportage sur lui.

Parallèlement, il continue à enquêter, mais il est de plus en plus persuadé qu'il y a anguille sous roche entre l'ancienne équipe dirigeante et les familles de la mafia givordine. Ses investigations mettent au jour la fermeture soudaine de plusieurs associations liées au parti communiste de la ville, quelques années auparavant. Son prédécesseur est devenu haut fonctionnaire et Marcelo Cipas est membre du gouvernement. Il est donc obligé de faire ses recherches discrètement et de manière non officielle, pour ne pas attirer l'attention, car il ne peut pas enquêter sur plus haut gradé que lui. Il devine qu'un complot se trame à Givors et est bien déterminé à lever le voile sur tout ça.

Les élections arrivent et le maire est réélu au premier tour avec plus de soixante-quinze pour cent des suffrages, ce qui est une première, même pour le parti communiste. Comme promis, il remet la police municipale au service des parrains. Celle-ci est directement reliée par radio aux familles, ce qui leur permet de savoir tout ce qui se passe dans les rues. Toute la ville est réunie pour fêter la réélection du maire. Le champagne coule à flots. Pendant ce temps, les quatre puissants chefs décident, de manière non officielle, de partir à la retraite après quarante ans de règne, et de laisser la place à leurs fils, en leur léguant des affaires propres et légales, pour qu'ils n'aient pas à se salir les mains.

En effet, depuis l'arrivée des autres communautés, les quatre familles ont progressivement arrêté le trafic de drogue et se partagent les recettes de la TVA givordine, qui constitue des revenus suffisants, car tous les commerçants, légaux ou non, s'en acquittent.

Les quatre jeunes successeurs décident de marquer le coup pour se différencier de leurs aînés et créent une centrale de taxis aux couleurs de la ville, nommée « Allô Taxi Givors ». L'enseigne est commune, mais chaque famille a ses propres chauffeurs et ses propres recettes. Seuls vingt pour cent des bénéfices sont reversés à la maison mère afin de maintenir son bon fonctionnement, et deux pour cent à la mairie pour avoir le droit d'utiliser le nom de Givors. Cette entreprise légale plaît beaucoup au maire, qui est contre la corruption et qui préfère les méthodes de cette nouvelle génération, moins mafieuse et plus professionnelle.

En réalité, il est bien content que les quatre affranchis soient à la retraite. Mais ceux-ci, de leur côté, n'ont pas dit leur dernier mot. Ils ont l'intention de créer une association pour les retraités, qu'ils appelleront « Les retraités actifs de Givors ». Le maire, étonné par cette initiative tout à fait légale, appuie même leur projet et leur consacre un article dans le journal local.

Les taxis font des allers-retours dans la ville. Personne ne trouve ça suspect, mais en réalité, quatre-vingt-dix pour cent des courses sont destinées au transport de prostituées qu'ils emmènent à l'hôtel. En parallèle, ils sont aussi toujours connectés à une radio policière qui donne des informations à la centrale. Tout ceci est en fait une couverture pour continuer à observer la ville, car le commissaire est devenu très méfiant vis-à-vis de la police municipale et de tout ce qui concerne la mairie.

La décision est prise de s'occuper de John Wayne, qui devient de plus en plus gênant. Son appétit féroce d'arrestations grandit et devient une menace pour Givors.

Le premier adjoint au maire et les quatre nouveaux chefs se réunissent pour faire le point sur le commissaire. Il s'agit de le faire tomber, mais cela ne va pas être facile, car en plus d'être incorruptible et irréprochable, il sera de toute façon remplacé par un autre. Mais le garder est aussi risqué, car il est de plus en plus méfiant et chaque jour qu'il passe à Givors le rend plus dangereux. Cette fois, il ne se contentera plus d'une affaire montée de toute pièce, il faut lui trouver quelque chose de sérieux pour véritablement détourner son attention. Quelque chose qui lui prenne tout son temps et qui l'épuise physiquement et mentalement.

Plusieurs taxis rapportent la présence de deux hommes suspects de type caucasien au Savoie Bar, une terrasse stratégique située sur la nationale 86. Après leur signalement, la centrale de taxis appelle le bar en question et demande au propriétaire qui sont ces étrangers, car il est clair qu'ils ne sont pas Givordins. Le patron répond qu'ils viennent depuis plusieurs jours, parfois plusieurs fois dans la même journée. Ils ne cherchent apparemment pas à installer un business quelconque, en revanche, ils utilisent de grosses liasses de billets pour payer un café à un euro. La société de taxis appelle directement la police municipale, lui décrit les deux intrus et lui demande d'aller les contrôler. Quand elle débarque sur les lieux, ceux-ci ont disparu. La centrale rappelle le barman et exige qu'il la prévienne immédiatement si ces deux suspects reviennent. Le lendemain, deux autres individus, du même type, avec le même accent des pays de l'Est se pointent. Le patron du bar contacte directement la centrale, mais à l'arrivée de la police, eux aussi se sont volatilisés. En l'apprenant, les chefs décident de poster deux hommes de main sur place.

Les inconnus reviennent et se renseignent sur l'heure de la fermeture. Il leur indique qu'il termine sa journée à vingt et une heures. Les deux hommes lui ordonnent alors de prévenir la personne qui dirige la ville qu'ils l'attendront le soir même après le départ des clients, puis s'en vont sans consommer. Les familles n'ont aucune confiance et décident d'envoyer leur porte-parole commun. Un technicien intervient en urgence pour installer des caméras et des micros afin que les leaders puissent assister en direct au rendez-vous.

À l'heure dite, le porte-parole assisté de deux hommes voit deux grosses berlines allemandes aux vitres teintées se garer devant le bar. Six hommes en costume en descendent. Deux d'entre eux font le tour de la salle et regardent dans tous les recoins. L'un d'eux dit quelque chose en albanais qui fait rire tous les autres. Celui qui a l'air d'être le chef demande, en français avec un fort accent albanais, où il doit s'asseoir pour pouvoir parler directement à ceux qui les observent. Les quatre chefs, derrière leur poste, n'en reviennent pas. Leur porte-parole répond qu'ils peuvent s'asseoir où ils veulent, ils seront entendus partout. Les hommes s'assoient au milieu de la pièce, à la table qui a été prévue pour cette réunion. Leur leader prend la parole : « Malheureusement, cet entretien sera bref, car nous sommes filmés et enregistrés. Ce n'est pas comme ça que ça marche, nous voulions parler directement aux responsables de la ville, mais tant pis. Voici ce que nous allons faire. Nous allons séjourner à l'hôtel principal. Demain, à midi, nous déjeunerons dans son restaurant, où nous goûterons la spécialité givordine. Qui que vous soyez, derrière votre poste, nous aimerions que vous vous joigniez à nous. C'est nous qui invitons. » Après cela, les six individus s'en vont directement. Les chefs de famille comprennent qu'ils vont devoir sortir de l'ombre. Cet hôtel appartenait à la famille italienne sous le nom Val Rhôtel et a été revendu depuis. Le restaurant est ouvert à tout le monde à midi et est très fréquenté, ils n'ont donc pas de raison de craindre une embuscade. Le rendez-vous est pris.

Les Albanais, qui ne font pas du tout confiance aux méthodes givordines, postent deux hommes toute la nuit dans la salle du restaurant. Au matin, deux autres prennent le relais jusqu'à midi. Deux hommes de main de chaque famille sont également postés incognito au milieu des clients. Les quatre chefs arrivent, sont fouillés discrètement par les gardes du corps des Albanais et s'assoient. L'inconnu qui a pris la parole la veille leur demande de se présenter un à un, ainsi que leur fonction dans la ville, car il aime savoir à qui il a affaire. Les Givordins s'exécutent chacun leur tour, puis leur hôte prend la parole. « Je m'appelle Albane Lorik, je dirige une organisation albanaise et mes associés sont tchétchènes et serbes. Après l'effondrement de la Yougoslavie, tous les ex-militaires comme nous se sont reconvertis dans le crime organisé. Le mot mafia, c'est pour les Italiens. Nous, nous sommes des mercenaires à la conquête de nouvelles contrées vierges. Vos médias préfèrent dire que nous sommes en guerre entre musulmans et chrétiens, mais c'est faux. La vérité, c'est que nous sommes implantés dans tous les pays européens, dans toutes les capitales, et que nous voulons agrandir notre territoire aux petites villes comme celle-ci. Quand nous arrivons en terrain inconnu, notre expérience nous a appris à envoyer des guetteurs.

Nous avons pu observer plusieurs choses et nous savons que vous contrôlez la police municipale. Je vous félicite, c'est une vraie prouesse ! Nous n'avions encore jamais vu ça. Nous en avons conclu que vous avez aussi dans votre poche le maire ou du moins quelqu'un de haut placé à la mairie. »

C'est la première fois que les quatre jeunes chefs sont intimidés face à quelqu'un. Ces truands albanais ont de l'appétit et mangent tout en parlant, alors qu'eux n'arrivent même pas à avaler un verre d'eau. Plus l'Albanais parle, plus ils transpirent. Même leurs hommes de main, dispersés dans la salle parmi les clients, ne reconnaissent pas leurs patrons. Ils se demandent bien ce qui peut les effrayer à ce point. Lorik laisse la parole à ses associés tchétchènes, qui maîtrisent mieux le français que lui, et qui sont encore plus directs et effrayants : « Nous avons perdu une équipe ouvreuse qui venait vendre de l'herbe ici pendant que nos éclaireurs inspectaient le secteur. Nous n'avons même pas eu le temps de nous organiser, car ils se sont fait prendre trop vite. Nous savions qu'ils n'étaient pas discrets, mais quand même ! Votre silence en dit long, messieurs. Oui, les Antillais travaillaient pour nous. Le problème, c'est qu'ils ne touchaient pas à l'héroïne, nous non plus, d'ailleurs, nous ne faisons que de la cocaïne. Nous nous sommes renseignés et nous avons découvert que cette souche d'héroïne vient bien de chez vous. On la trouve dans les quartiers tenus par les Maghrébins, nous savons donc avec certitude que c'est vous qui avez piégé nos hommes. Ce n'est pas la peine de nier, ça ne ferait qu'empirer les choses, qui sont déjà très compliquées. »

Les chefs de Givors transpirent à grosses gouttes. Ils regardent autour d'eux avec un air de panique. Ils sentent qu'ils ne sont pas à la hauteur des enjeux et regrettent que leurs pères ne soient pas là pour mener les négociations à la place. Le Tchétchène continue et leur dit que par leur faute, ils ont perdu beaucoup d'argent dans cette affaire, sans compter leurs dix kilos de cocaïne, qui étaient destinés à être vendus à Givors. Ils ont été forcés de quitter la ville, car leur planque a été démantelée.

« Autant vous dire, messieurs, que pour cette perte de temps, d'argent et de logistique, l'addition sera salée, tout se paye dans ce business. » Un autre Albanais prend la parole. Il leur tend une feuille sur laquelle sont inscrits tous les montants, toutes les statistiques et tous les calculs de cette opération ainsi que le total : « Voici la somme que nous avons perdue, plus vingt pour cent pour le dérangement. Comme je vous l'ai dit, tout se paye, tout s'achète, on peut tout négocier y compris vos vies. Il est clair que ça représente une grosse somme, mais si vous ne pouvez pas vous en acquitter sur-le-champ, les vingt pour cent de compensation se transformeront en cinquante pour cent, et si vous ne payez toujours pas, des hommes à nous racketteront tous les commerces de la ville, tous les dealers chaque semaine, jusqu'à ce que la somme soit remboursée.

Sinon nous vous proposons une deuxième option. Nous avons cinquante kilos de cocaïne que nous aimerions écouler dans les environs. Si vous vous en occupez pour nous, nous effacerons votre dette et nous nous en irons comme nous sommes venus. Nous restons là toute la journée. Si une valise avec la somme demandée ne nous est pas livrée avant ce soir, nous partirons du principe que vous avez choisi la deuxième option et nous vous recontacterons dans les trois jours. Si personne ne nous répond, toute la ville sera à nous jusqu'à ce que votre dette soit réglée. Maintenant, dégagez, nous aimerions savourer notre dessert tranquillement. » Les jeunes chefs ont du mal à se lever tant leurs jambes tremblent. Certains d'entre eux sont obligés de se faire épauler par leurs hommes à la sortie.

Ils se rendent à la salle communale mise à la disposition de l'association des retraités actifs de Givors, pour rejoindre leurs aînés et trouver une solution. Ils ne se sentent pas prêts à gérer ce qui vient de leur tomber dessus. Il y a urgence. D'ici trois jours, tous les commerçants de la ville risquent de se faire racketter. Arrivés à destination, les quatre parrains appellent leurs pères pour leur expliquer la situation et faire le point sur les options imposées. Leur première décision est d'envoyer deux hommes à la réception de l'hôtel pour surveiller les va-et-vient, et d'appeler le premier adjoint pour le mettre au courant de la situation et débattre des possibilités. La première solution est écartée. Tout le monde est d'accord sur ce point, pas de guerre. D'abord parce qu'ils ont affaire à des militaires surentraînés et armés jusqu'aux dents qui n'attendent que de mettre la ville à feu et à sang. Ensuite car ils sont devenus des hommes d'affaires dont les business sont presque tous légaux. Leur organisation n'a plus combattu depuis des années. Les règlements de compte, les guerres, ce ne sont plus leurs affaires. Givors a bien changé depuis le temps où elle était l'une des villes les plus sanglantes de France.

Pendant la cellule de crise, plusieurs options sont mises sur la table et écartées une à une. Payer la totalité de la somme demandée est envisageable, mais cela va fragiliser toutes les entreprises et passer pour un signe de faiblesse auprès de tous les groupes d'affranchis aux alentours. La riposte contre les Albanais est également écartée, car après plus de quarante ans de paix, les Givordins n'ont plus les compétences pour assumer un affrontement comme celui-là. Reste l'option de vendre leurs cinquante kilos, mais celle-ci n'est pas souhaitable non plus, car les chefs locaux ne veulent plus faire partie de la pègre. Ils ont travaillé dur pour bâtir leurs affaires et ils ont en plus un shérif méfiant sur le dos. À la moindre erreur, ils pourraient perdre d'un coup ce qu'ils ont mis des années à construire.

La dernière chose qu'ils souhaitent, c'est de ressusciter le passé. Ils se sont attachés à ce Givors paisible et ne veulent pas le laisser retomber dans la violence. La seule option restante est de fermer les yeux et de laisser les Albanais racketter les commerçants, mais la plupart sont des amis de longue date. Avec la TVA givordine, ceux-ci achètent une protection et ils ne peuvent pas les abandonner comme ça.

Les discussions tournent en rond sans aboutir à une solution viable. Après plusieurs propositions insatisfaisantes, le premier adjoint prend la parole et évoque une solution : « Nous avons la chance d'abriter un policier hors pair dans cette ville. Nous pouvons tourner sa détermination et sa soif d'arrestations à notre avantage. Nous n'avons qu'à le mettre sur la piste de ce réseau de l'Est et lui laisser cette opportunité de mener la grosse enquête dont il rêve. »

Deux hommes de main ont ordre de faire passer un message aux Albanais pour leur dire de s'en aller de la ville et de revenir dans trois jours. À leur retour, soit la somme demandée les attendra, soit les cinquante kilos seront acceptés et vendus dans Givors et ses alentours. Lorik et ses acolytes concluent le marché, mais avant de partir, le Tchétchène les prévient que dans trois jours, la ville sera encerclée par une armée. Leurs équipes seront postées partout dans les environs, à Grigny, Vienne, Chasse-sur-Rhône et même jusqu'à Rive-de-Gier. Ce n'est même pas la peine d'essayer de les arnaquer.

La famille italienne met à disposition trente mille euros de faux billets qu'elle n'arrive plus à écouler, les range dans une trousse de toilette et les fait remettre au gérant de l'hôtel. Celui-ci appelle la police et réclame une visite du commissaire. John Wayne arrive avec une patrouille. Le gérant demande à lui parler en privé. Il lui montre le bagage et prétend qu'une femme de chambre l'a trouvé en faisant le ménage. Selon lui, les clients qui occupaient cette suite avaient un fort accent des pays de l'Est et ils ont rencontré les quatre jeunes chefs de la ville. Il l'implore donc de travailler discrètement, il ne veut pas être mêlé à cette affaire.

Le cow-boy le rassure, l'hôtelier n'a pas à s'inquiéter : il mène toujours ses enquêtes en toute discrétion. Pour cela, il a besoin de toutes les vidéos de surveillance, intérieures et extérieures, pendant la période où ces messieurs étaient dans l'établissement. Le standardiste de l'hôtel les interrompt et leur indique que les occupants de la suite 301 viennent de téléphoner pour signaler qu'ils ont oublié une trousse de toilette, et qu'ils viendront la récupérer dans trois jours. Le commissaire décide de monter une opération au plus vite. La première étape du plan a fonctionné. John Wayne est sur la piste des gangsters de l'Est et ne compte pas les lâcher.

Celui-ci sait qu'il a soixante-douze heures pour élaborer un plan avant de faire une demande de matériel et d'experts en filature rapprochée au commissariat central de Lyon. Il envoie les portraits isolés dans les vidéos de surveillance de l'hôtel pour mettre un nom sur les visages. Il reçoit immédiatement un coup de téléphone de la police judiciaire lyonnaise, qui l'interroge sur les requêtes qu'il vient d'effectuer. Lui qui se considère comme indépendant, il leur signifie avec arrogance qu'il n'a aucune intention de répondre aux questions d'OPJ, qui plus est bien moins gradés que lui. Le commissaire de Givors comprend qu'il a vraiment affaire à de gros poissons. Les gangsters qu'il traque ne sont sûrement pas n'importe qui, et doivent être fichés au grand banditisme. Deux heures après la conversation, une grosse berline de marque française arrive au commissariat en faisant hurler ses gyrophares. Quatre hommes sont à bord, dont le numéro deux de la police judiciaire lyonnaise, le commissaire Noiret. Celui-ci demande où est le bureau de son confrère. Les Lyonnais passent devant les policiers givordins sans leur adresser un regard et entrent directement dans le bureau sans y être invités. Noiret prend directement la parole, sans aucune formule de politesse :

« J'ai lu votre dossier dans la voiture. »

Il le jette sur son bureau :

« Vous êtes un bon policier, vous avez obtenu d'excellents résultats, mais là, on ne peut pas vous laisser faire. L'équipe sur laquelle vous enquêtez a été infiltrée et est sous surveillance depuis des années. Vous ne devez procéder à aucune interpellation. Ne parlez plus à personne de cette affaire et restez en dehors de tout ça. »

John Wayne lui répond :

« Je comprends, mais ces gens sont venus dans ma ville faire leur business, donc ça me concerne moi, ainsi que tous les habitants de Givors. Mon travail est de protéger les citoyens de ma ville, c'est pour ça que j'ai signé. Dès que ces malfrats auront quitté mon territoire, ça ne sera effectivement plus mon problème, mais tant qu'ils mettent les pieds chez moi, c'est mon affaire. »

Le ton monte entre les deux commissaires. Noiret fait sortir ses hommes du bureau et la tension redescend. « J'ai un marché à vous proposer. Mon supérieur hiérarchique est un homme puissant et qui sait être reconnaissant envers les bons policiers. Vous dirigez le commissariat d'une ville de vingt mille habitants et vous êtes encore jeune. Imaginez-vous aux commandes d'un commissariat d'un arrondissement de Lyon avec une voiture, un chauffeur, un grand appartement, du personnel de service, tout ça aux frais du contribuable. Vous avez juste une réponse à me donner et moi un coup de téléphone à passer et l'affaire est conclue. »

Depuis son arrivée à Givors, John Wayne n'a jamais caché qu'il voulait se servir de ce poste comme tremplin pour une promotion, et voilà que celle-ci lui est servie sur un plateau. Après quelques minutes, il baisse la tête et accepte l'offre. Il ne se mêlera pas de cette affaire. Les deux hommes concluent leur marché en se serrant la main. Noiret lui souhaite la bienvenue parmi eux. Sa promotion tombera dans les jours qui viennent. Après quoi, les Lyonnais s'en vont comme ils sont arrivés.

Le commissaire Noiret contacte son agent sous couverture, Raphaël Dhimoïla, qui est en réalité un agent d'Interpol ayant infiltré le gang après le massacre de sa famille en Albanie par la mafia locale, et qui a juré de faire tomber toutes les équipes mafieuses des pays de l'Est. Sa soif de vengeance et de justice est intarissable. Le numéro deux lyonnais lui ordonne de faire passer les quatre jeunes chefs de Givors pour des indics de la police, et de dire aux Albanais qu'ils ont fait un rapport sur eux, sans informations officielles, juste pour calmer le jeu.

De plus, accompagné du procureur de la République, il se rend au parloir de la prison de Lyon Saint-Paul pour passer un marché avec l'un des Antillais interpellés à Givors. Le magistrat lui indique qu'ils peuvent faire disparaître le kilo d'héroïne de leur dossier en expliquant qu'il a été trouvé dans les combles, qu'il était pourri depuis des années et qu'il ne peut donc pas leur appartenir. Le détenu a juste à informer son avocat, payé par les Albanais, que Givors est une ville d'indics et que les quatre familles ont passé un marché avec la police. C'est pour cela que depuis cinquante ans, selon lui, qu'elles mènent une vie tranquille.

Il doit également évoquer des rumeurs, censées circuler dans la prison, selon lesquelles elles ont prévenu la police qu'une bande d'Albanais était arrivée avec cinquante kilos de cocaïne pure pour inonder Givors et prendre possession de toutes les villes alentour. S'il dit tout cela à son avocat, toutes les charges contre son gang et lui pour détention et vente de produits stupéfiants en bande organisée seront abandonnées. Ils ne seront poursuivis que pour l'herbe, ce qui réduira nettement leur peine. Autrement, rien qu'avec le kilo d'héroïne, ils en prendront pour quinze ans.

Ce rapport éclaire enfin les Albanais : si les polices nationale et municipale sont dans le coup, cela explique pourquoi le lieu du premier rendez-vous était truffé de caméras de surveillance et pourquoi les Antillais ont été interpellés si vite. Ils en concluent que ce sont les enquêteurs eux-mêmes qui ont dû introduire l'héroïne pour les piéger et que cette ville tout entière marche avec les forces de l'ordre. Mieux vaut ne pas s'en approcher.

Raphaël fait tout pour conforter le gang dans cette décision et oublie cette ville, comme l'a mentionné le message de son supérieur. John Wayne reçoit sa promotion officiellement et fait le tour de la ville à pied, en entrant dans tous les commerces pour leur faire part de sa mutation. La nouvelle arrive vite à la mairie et chez les chefs. Les trois jours se sont écoulés et le commissaire, qui était leur dernier espoir, est sur le point de partir. Cela ne pouvait pas plus mal tomber.

Le maire et son premier adjoint décident de rendre visite à l'officier de police pour avoir une explication sur ce départ précipité. L'élu local prend la parole : « Monsieur le commissaire, vous êtes au courant que la ville est menacée par l'arrivée d'une bande de gangsters de l'Est et vous, du jour au lendemain, vous acceptez une mutation. Je pense qu'au nom de tous les habitants de Givors, j'ai droit à une explication. » Son interlocuteur réplique : « Je n'ai aucune explication à vous donner. Mieux vaut pour vous, étant premier magistrat, que je m'en aille, car ici, vous n'êtes pas très clairs. Il est très difficile pour moi de rester là et de ne pas enquêter sur vous, car tout est devant moi, mais je ferme les yeux sur vos magouilles. Cette ville est corrompue, je le sais. Alors pour vous et votre réputation, fêtez mon départ et allez boire un verre à ma promotion. » Le maire lui répond que ça sera pour une autre fois et demande à son adjoint de lui faire passer le dossier. « Jetez un coup d'œil là-dessus, l'original est sous enveloppe déjà affranchie avec l'adresse de France 3 Rhône-Alpes. Il ne reste plus qu'à la poster. Elle contient les preuves de toutes les fausses arrestations qui ont été organisées pour vous calmer et vous occuper. Tout est écrit noir sur blanc, même des détails qui n'ont pas été divulgués à la presse, ce qui prouve son authenticité. Vous et moi savons que vous n'étiez pas au courant et que vous avez été manipulé, mais les journalistes, eux, n'hésiteront pas à vous accuser d'en avoir profité pour gonfler vos chiffres et avoir votre belle promotion. Vous connaissez leur appétit féroce pour les grosses affaires, peu importe la vérité. En revanche, le dossier, qui ne demande qu'à être envoyé, peut rester des années à sa place et même disparaître un jour. Ça ne dépend que de vous. Ne laissez pas entrer ces sauvages dans ma ville, protégez-la comme vous l'avez toujours fait, faites votre travail de shérif, c'est pour ça que nous vous avons surnommé John Wayne. »

Avant de quitter les lieux, le commissaire feuillette le dossier. Photos, dates, heures, tout est là. Il comprend qu'il a été leur jouet depuis le début. Si ce dossier tombe entre les mains de la télévision et des journaux, il peut dire adieu à sa promotion. Il n'a pas le choix, il doit trouver une parade pour empêcher l'implantation des Albanais malgré sa promesse au commissaire Noiret. Il a alors l'idée de faire des barrages de contrôle autour de la ville afin de filtrer les entrées. Malgré cette solution, il digère très mal le fait d'avoir été pris au piège. Il saura s'en souvenir. Le maire et son premier adjoint sont sur sa liste de vengeance.

Le commissaire s'exécute après le délai de soixante-douze heures et fait installer des barrages routiers à toutes les entrées et sorties de la ville. Les habitants voient cela d'un bon œil et se disent qu'il veut marquer le coup avant son départ. Personne à Givors ne peut s'imaginer que l'armée albanaise a changé de cap et a oublié la ville du 69700. Elle ne pense même pas y remettre les pieds. Raphaël, accompagné de deux Albanais, se rend juste par curiosité dans cette ville maudite et constate les gros moyens employés sur les barrages. Les forces de police sont en gilet pare-balles et munies de mitraillettes. Il en conclut que Givors travaille vraiment pour la police et pense que tout ce dispositif a été mis en place pour arrêter leur gang. Il prend quelques photos lointaines. Juste après les trois jours, le message est clair : interdiction de mettre les pieds dans cette ville de police et d'indicateurs.

Après plusieurs jours de barrage sans interruption, le commissaire reçoit sa date de départ. Sa part du marché étant honorée, il demande au maire de lui remettre le dossier compromettant, mais celui-ci refuse et lui dit qu'il le garde dans le coffre de son bureau, juste au cas où il aurait à nouveau besoin de ses services. John Wayne, furieux, se promet de ne pas en rester là, mais fait semblant d'accepter.

Le maire n'a aucune confiance dans les Albanais et fait multiplier les patrouilles de policiers municipaux. Les chauffeurs de la centrale de taxis sont tenus de leur prêter main-forte en signalant immédiatement tout individu suspect. Givors est en état d'alerte maximale. Personne ne s'en rend compte, la vie continue, mais derrière les apparences, tout le monde est aux aguets.

À la prison de Lyon Saint-Paul, les Antillais sont bien traités, car tout le monde là-bas sait pour qui ils travaillent. À leur étage sont incarcérés quelques hommes de Givors. Les dealers leur donnent les noms des parrains et leur annoncent qu'ils ont été balancés par ces clans, qui travaillent avec la police. C'est pour ça qu'ils font tout ce qu'ils veulent à Givors sans jamais être inquiétés. La nouvelle se répand de la prison. Toutes les familles et les amis des détenus qui leur rendent visite au parloir entendent cette histoire. L'information fait le tour de Lyon, puis rejoint les villes alentours. Ce scoop est crédible pour tous les habitants, car ceux-ci se sont bien rendu compte que ces familles-là pouvaient organiser de la prostitution, des jeux illégaux, du trafic de stupéfiants et du racket sans jamais subir le moindre problème judiciaire. Celles-ci se retrouvent isolées dans toute la ville et ses alentours. Elles ont perdu toute crédibilité dans le monde des affaires parallèles. Plus aucun commerçant n'accepte de payer la TVA givordine. Elles viennent de se faire prendre à leur propre jeu. Tout ce que leurs pères ont construit depuis un demi-siècle vient de s'écrouler sous le poids d'une rumeur. Les jeunes comprennent qu'une mauvaise réputation est encore plus dangereuse qu'une armée d'Albanais. Une guerre peut durer des jours, des semaines, des mois ou même des années, mais une étiquette d'indic peut descendre quelqu'un en une seconde. Toutes leurs affaires s'effondrent. Certains d'entre eux quittent la ville pour s'installer ailleurs, car ils n'acceptent pas le regard des gens. Les plus jeunes restent et finissent par retourner au travail, parmi les habitants.

La centrale de taxis est rachetée par la mairie, qui en fait une entreprise sociale, offrant des emplois aux Givordins en difficulté. Une femme est nommée au poste de nouvelle commissaire et la vie reprend son cours normal.

Après plusieurs années, John Wayne a toujours de la rancœur envers le maire et son adjoint. Il dirige maintenant un grand commissariat dans le premier arrondissement de Lyon. Des militants du Front national viennent porter plainte après que leurs locaux ont été vandalisés. Passant devant l'accueil par hasard, John Wayne s'arrête, surpris par les qualités d'orateur de l'un des plaignants, et demande qu'on l'envoie dans son bureau. Il le reçoit et lui demande son nom. L'homme dit s'appeler Antony Mills.

Le commissaire se présente et lui explique qu'il a un projet pour lui : « Je vous propose de vous donner une ville que j'ai dirigée en tant que commissaire pendant des années, et qui est un bastion communiste depuis plus d'un siècle. Ceux qui sont à sa tête dirigent la ville comme au temps des rois et s'autorisent tous les passe-droits. J'ai un compte à régler avec les dirigeants de la mairie et pour ça, j'ai besoin de vous. Je connais des gens dans cet arrondissement qui vous financeront. Je peux vous mettre en tête de liste à Givors. Avec vos méthodes et votre façon de parler, vous n'aurez sûrement pas la mairie, car beaucoup trop d'immigrés composent la population. En revanche, vous rassurerez les Français, Européens et chrétiens qui en ont marre de la multiplication des islamistes. Je vous mettrai avec une personne de confiance qui connaît bien la ville et son fonctionnement. Ça prendra plusieurs années, mais le Front va leur faire mal, croyez-moi. »

Le jeune Anthony, qui rêve d'un avenir au sein du parti, saute sur l'occasion. La vengeance du commissaire est en marche.

Le petit-fils du père fondateur de la famille maghrébine, qui a grandi avec les histoires que lui racontait son grand-père, connaît tout le passé de la ville, de sa fondation jusqu'à l'effondrement du clan, et tout ce que les communistes doivent à sa famille. Il a bien l'intention de se battre pour récupérer son dû, car son grand-père, qui n'a jamais vraiment travaillé, est à la retraite et touche le minimum vieillesse. Il est passé d'une vie de rêve à un cauchemar. Aucune de ses demandes de rendez-vous à la mairie n'a abouti, et le maire se contente de lui répondre par correspondance qu'il ne lui doit rien. Son petit-fils décide donc de faire tomber les communistes, même si cela doit lui prendre des années. C'est la première fois qu'un Maghrébin musulman est candidat à Givors. Les prochaines élections vont donc voir s'opposer un candidat Front national fin orateur convainquant, capable de vendre une paire de lunettes à un aveugle, et un candidat issu de l'immigration avide de vengeance.

John Wayne s'aperçoit que l'ancien maire devenu ministre et le commissaire de l'époque devenu sous-préfet fermaient les yeux sur presque tout. Il se rend compte qu'il ne peut pas trop creuser, car cela risque d'être étouffé et de nuire à sa carrière. Et puis ce n'est pas directement à eux qu'il en veut. Il décide d'entrer discrètement en contact avec le jeune candidat Mourad Boudjellal. Une rencontre est organisée entre les deux futurs candidats de Givors et lui, un dimanche matin, dans une grande église à Vienne. Les deux hommes s'assoient au fond. Le commissaire se présente et explique la situation en faisant bien comprendre aux jeunes candidats qu'ils doivent s'allier pour faire tomber les communistes. Il leur demande de récolter toutes les informations possibles sur la nouvelle équipe.

Ensemble, les concurrents montent un dossier à charge solide et le déposent au service concerné, avec une qualification de dossier prioritaire à traiter en urgence. L'affaire filtre dans la presse et la mairie est perquisitionnée, ainsi que les domiciles du successeur de Marcelo Cipas et de et son premier adjoint. Le commissaire a demandé à l'un de ses amis policiers de récupérer discrètement l'enveloppe dans le coffre pendant la perquisition. Son plan est un succès. Il a réussi à discréditer les communistes et à leur subtiliser l'objet de leur chantage. Il continue à financer son candidat Front national tout en encourageant son opposant maghrébin. Assez de preuves ont été recueillies. L'équipe dirigeante va passer devant la justice et être condamnée avec plusieurs chefs d'inculpation. Le bastion communiste est en train de s'effondrer comme les organisations criminelles qui ont fait la renommée de la ville.

Le ministre de la Ville et des Affaires sociales, ex-maire de Givors, s'inquiète que tout cela déterre des histoires compromettantes sur son passé et envoie l'un de ses conseillers voir son héritier spirituel pour exiger que son adjoint et lui démissionnent, et qu'ils trouvent une personne compétente à mettre en tête de liste pour les prochaines élections. Un intérimaire intègre qui n'a jamais touché aux affaires de malversations. S'ils restent en fonction, le risque est trop gros, mais s'ils se mettent à l'écart quelques mois, il les fera entrer à la métropole de Lyon discrètement. En attendant, ils doivent démissionner immédiatement et disparaître.

Une femme charmante, Christine Ternay, est nommée maire par intérim. Après plusieurs campagnes municipales, le candidat Mourad Boudjellal a beaucoup appris de ses défaites et s'est entouré de la nouvelle génération pour mener la dernière étape. Au bout de la quatrième tentative pour accéder à la tête de la commune, ses efforts portent enfin leurs fruits et le candidat issu de l'immigration et de confession musulmane est élu maire de Givors.

Après plus de soixante-dix ans de règne communiste, le bastion est tombé. Les magouilles des hommes sont de passages, mais la ville reste Givors.

50

Une ville unique dans sa manière de fonctionner. Givors, la ville du bon vivre-ensemble, on ne compte plus les slogans. Quoi qu'il arrive, 2020 faire entrer Givors dans une nouvelle ère.

Imprimé en Allemagne
Achevé d'imprimer en octobre 2020
Dépôt légal : octobre 2020

Pour

Le Lys Bleu Éditions
83, Avenue d'Italie
75013 Paris